AF305591

CATALOGUE

DE LA

COLLECTION

D'ESTAMPES

ANCIENNES

Composant le Cabinet de M. L. M.....

DONT LA VENTE AURA LIEU

HOTEL DES COMMISSAIRES-PRISEURS

Rue Drouot, n° 5

SALLE N° 3, AU 1er ÉTAGE

Les Vendredi 21 et Samedi 22 Mars 1862

A 1 HEURE PRÉCISE

Par le ministère de Me **DELBERGUE-CORMONT**, Commissaire-Priseur,
rue de Provence, 8;

Assisté de **M. GUICHARDOT**, rue des Jeûneurs, 44.

EXPOSITION PUBLIQUE

Le Jeudi 20 Mars 1862, de une heure à quatre heures.

PARIS

RENOU & MAULDE

IMPRIMEURS DE LA COMPAGNIE DES COMMISSAIRES-PRISEURS
rue de Rivoli, 144.

1862

CONDITIONS DE LA VENTE

Elle sera faite au comptant.

Les acquéreurs paieront, CINQ pour CENT, en sus des adjudications.

DÉSIGNATION

DES

ESTAMPES

ALMELOVEN (Jean).

1 — Les Moisonneurs (B. 22). — Très-belle épreuve, avant les contre-tailles sur le groupe de quatre arbres qu'on voit à gauche, au-delà du champ de blé. Cabinet L. Campredon.

ANGELI (Jean-Baptiste d') surnommé *Torbido del Moro*.

2 — Trucia, d'après Bernard Campi (B. 30). — Très-belle épreuve. Cabinet H. de Lasalle.

3 — Bataille, d'après *Raphaël*, que quelques-uns croient être gravée par *Jean-Baptiste del Moro*, d'autres par *Paul* ou *Horace Farinati*. — Très-belle épreuve, mais mal conservée et doublée de papier. Cabinet H. de Lasalle.

AVELINE (Pierre).

4 — Les Charmes de la vie, d'après Ant. Watteau. —
Très-rare et belle épreuve, avant toutes lettres et
avant différents travaux ; elle est doublée de papier.

BAKHUIZEN (Ludolf ou Louis).

5 — Vue de mer; sur le devant, à gauche, une déesse
dans un char triomphal tient l'écusson des armes
de la ville d'Amsterdam (B. 1). — Superbe épreuve.
Cabinet H. de Lasalle.

6 — Le bord de la mer ; sur le devant, à gauche, uu marchand de poissons, debout entre deux matelots assis
à terre (B. 2). — Superbe épreuve, avec marge.
Cabinet Van den Zande.

7 — Marine, où l'on voit vers la gauche, un vaisseau pen-
ché pour l'opération de la carène (B. 7)). — Belle
épreuve, mais raccommodée en trois endroits du
côté droit. Cabinet H. de Lasalle.

8 — Vue d'une partie d'un port de mer ; sur le devant,
un homme pousse une brouette chargée de paquets
(B. 9). — Superbe épreuve, avec marge. Cabinet
Van den Zande.

BEHAM (Hans Sebald).

9 — L'Enfant prodigue retournant chez son père (B. 34).
— Belle épreuve.

10 — Trois pièces de la suite des Travaux d'Hercule. (B.
99,101,107).

11 — Le Triomphe (B. 143). — Belle épreuve.

12 — La Mort se saisissant d'une femme nue et debout (B. 150). — Très-belle épreuve.

13 — Trois pièces de la suite des Noces de village (B. 155, 162,163).

BERGHEM (Claas ou Nicolas).

14 — La Vache qui pisse (B. 2). — Très-belle épreuve, avant l'adresse de F. de Wit. Cabinet du chevalier de S***.

15 — Le Pâtre causant avec une Femme (B. 7). Ce morceau, gravé d'une pointe rapide et très-libre, est fort rare. — Belle épreuve. Cabinet du chevalier de S***.

16 — Quatre sujets d'animaux. La Vache couchée près de celle qui est debout (B. 13). Les Chevaux (B. 14). La Vache couchée près de la vache qui pisse (B. 15). L'Ane (B. 16). — Très-rares et superbes épreuves du premier état, avant les numéros et la lettre. Cabinet Van den Zande.

17 — Les quatres sujets précédents. — Belles épreuves avec les numéros et la lettre.

18 — Tête de Bouc, gravée à gros traits (B. 17). — Belle épreuve, avec de grandes marges.

19 — Tête de Bouc, gravée à gros traits (B. 17); tête de Bouc, au front éclairé (B. 18). — Belles épreuves, mais coupées au-dessus de l'inscription.

20 — Sujets d'Animaux appartenant à différentes Suites (B. 36,38,40,44,48,50,52,53 deux fois, et 56 aussi deux fois). En tout, 11 estampes. — Belles épreuves avec les numéros et les lettres alphabétiques, qui ont été effacés dans le dernier état.

BISCAINO (Barthélemy).

21 — Moïse sauvé du Nil (B. 2). — Belle épreuve du troisième état, avec l'adresse de Daman et avec cette autre adresse : *in Bassano per il Remondini* ; mais avant le n° *468*, sur les eaux. Cabinet Debois.

Nota. A cette épreuve, l'adresse du second éditeur a été couverte d'encre à écrire.

22 — Galathée (B. 40). — Belle épreuve avec l'adresse de Daman.

BLOTELING, BLOTELINGH ou BLOOTELING
(Abraham).

23 — Le marquis de Mirabelle, d'après Ant. Van Dyck. — Belle épreuve. Cabinets Verstolk de Soelen et Van den Zande.

BOISSIEU (Jean-Jacques de)

24 — Quatre Tonneliers dans un caveau. Morceau piquant d'effet, connu sous le nom des *Grands Tonneliers* (Rig. n° 9). — Très-belle épreuve, avant les derniers travaux. Cabinets de la Motte Fouquet et Thorel.

BOL (Ferdinand).

25 — Le Sacrifice d'Abraham (de Cl. 1). (B. 1). — Belle épreuve; elle est légèrement rognée de chaque côté et en bas. Cabinets Donadieu et Thibaudeau.

26 — L'Astrologue (8) B. 8. Morceau rare. — Très-belle épreuve.

27 — Vieillard à barbe frisée, appuyé sur une canne (9) B. 9. Morceau gravé avec beaucoup d'esprit, et dans le goût de Rembrandt. — Belle épreuve. Cabinet du chevalier de S***.

28 — Portrait d'Homme (13) B. 12. — Belle épreuve. Cabinet W. Esdaile.

29 — La Femme à la poire (16) B. 14. — Très-rare et superbe épreuve sur papier du Japon. Cabinets Astley, Ed. Durand, Robert-Dumesnil, Verstolk de Soelen, et Van den Zande.

BOLSWERT (Schelte à).

20 — Sainte Famille, où l'Enfant-Jésus tient un oiseau. Morceau en hauteur, d'après P. P. Rubens (Basan, 58 des sujets de Vierges). — Superbe épreuve du premier état, avant l'adresse de *Gillis Hendricx*, dans la marge du bas, à droite. Cabinet H. de Lasalle.

31 — Sainte Thérèse aux pieds de Jésus-Christ, intercédant pour la délivrance des âmes du purgatoire, d'après P. P. Rubens (Basan, 33 des sujets de saintes).— Belle épreuve du premier état, avant que l'adresse de *Martinus Van den Enden* n'ait été effacée et remplacée par celle de *Gillis Hendricx*.

32 — Le Couronnement d'épines, d'après Ant. Van Dyck.
— Très-belle épreuve du premier état, avant les
contre-tailles au vêtement et à la jambe gauche du
soldat qui est à droite. Cabinet A. Busche.

33 — Adrien Brauwer ou Brouwer, d'après Ant. Van Dyck.
— Très-rare et fort belle épreuve avec le nom du
graveur et la qualité du personnage, mais avant la
troisième ligne d'inscription et les initiales de Gillis Hendricx; le mot *Bravwer* n'a pas encore été
changé en celui de *Brovwer*. Elle est à toutes
marges.

BONASONE (JULES).

34 — Saint Marc assis et composant son évangile, d'après
Périn del Vaga (B. 75).—Épr. doublée de papier.

35 — Constantin remportant la victoire sur le tyran
Maxence, d'après un dessin de Raphaël (B. 84).
— Superbe épreuve, mais rognée de 18 millimètres
sur la hauteur. Cabinet H. de Lasalle.

36 — Le lever du Soleil, représenté d'une manière poétique
(B. 99).— Superbe épreuve du premier état, avant
cette adresse : *Si stampano da Gio. Jacomo Rossi
in Roma alla Pace.* — — Très-rare. Il y a un rac-
commodage perpendiculaire, au milieu de l'estampe. Cabinets Gérard et H. de Lasalle.

BOOM (A. H. V.).

37 — Le Hameau (B. 1). Morceau rare. — Belle épreuve.
Cabinet Van den Zande.

38 — La Pièce d'eau (B. 2). Morceau rare. — Belle épreuve.
Cabinet Van den Zande.

BOTH (Jean).

39 — La Femme montée sur le mulet (B. 1). — Rare et très-belle épreuve, avec l'adresse de Matham.

40 — Les Pêcheurs (B. 9). — Rare et belle épreuve, avant le le nom du maître. Cabinet du chevalier de S***.

BOUCHER (François).

41 — Le Sommeil (P. de B. 3) ; les petits Buveurs de lait (P. de B. 4) ; le petit Savoyard (P. de B. 5) ; — Très-belles épreuves du deuxième état, avec l'adresse d'Odieuve.

42 — Les Grâces au tombeau de Watteau (P. de B. 44). — Très-belle épreuve, mais coupée au trait carré dans la partie supérieure.

BOUT (Pierre).

43 — Les Chasseurs (B. 4). — Très-belle épreuve. Cabinet Van den Zande.

BRASCASSAT.

44 — Mouton couché, et tendant la jambe gauche de devant. Morceau rare. — Belle épreuve.

BREBIETTE (Pierre).

45 — Amours tourmentant un Satyre suspendu par les pieds et les mains à un arbre, et deux Compositions de figures en largeur ; plus, Hercule et Anthée, par un anonyme. En tout, 4 pièces.

BRINCKMANN (Philippe-Jérôme).

— 46 Joli Paysage en largeur, où l'on voit, sur le devant, un grand arbre; plus loin, un moulin à eau. Ce morceau, d'une grande finesse d'exécution, est très-rare. — Belle épreuve.

BRONCHORST ou BRONKHORST (Jean-G......).

47 — Les ruines des Trophées de Marius (B. 13).—Superbe épreuve, mais manquant de conservation : les angles du haut et celui du bas, à gauche, sont restaurés. Cabinet Van den Zande.

BROSAMER (Hans ou Jean).

48 — Bethsabée au bain (B. 3). — Belle épreuve.

49 — Le Baiser. 1549 (B. 16). — Belle épreuve.

BURNET (J....).

50 — *The Vicar of Wakefield* (Le vicaire de Wakefield), d'après G.-S. Newton. — Très-belle épreuve avant la lettre, sur papier de Chine.

Le dessin qui a servi pour la gravure désignée ci-dessus; il est exécuté à la mine de plomb, et à plume avec de l'encre rouge, sur papier blanc. Cabinets Donadieu et Thibaudeau.

BYE (Marc de).

51 — Différents Moutons. Suite de seize estampes (B. 79 à 94). — Très-belles épreuves tirées avant le N° 8, entre l'adresse de N. Visscher et le robinet de la fontaine qu'on voit au premier morceau. Cabinet Van den Zande.

CANAL (Jean-Antoine).

52 — *Prà della Valle*. Très-belle épreuve du premier état,
avant les lettres alphabétiques   le coin gauche
inférieur est racommodé.

CANTARINI (Simon), dit *le Pésarèse*.

53 — Repos en Egypte (B. 3). — Belle épreuve du premier état, avant les mots *G. Renus inv. et fec.* Cabinet A. Busche.

54 — La Vierge avec l'Enfant-Jésus (B. 18). — Très-belle
épreuve. Cabinet A. Busche.

55 — Le grand saint Antoine de Padoue (B. 25). — Belle
épreuve du premier état, avant la lettre. Cabinets
Denon et A. Busche.

56 — L'Ange gardien (B. 28). — Très-belle épreuve. Cabinet A. Busche.

CARAGLIO (Jean-Jacques).

57 — La Bataille au bouclier sur la lance, d'après Raphaël (B. 59). Morceau capital et parfaitement
exécuté. — Très-belle épreuve, mais mal conservée ; elle est doublée de papier, à cause de plusieurs déchirures. Cabinet H. de Lasalle.

58 — Le même sujet (B. 59). — Très-belle épreuve, mais
manquant aussi de conservation.

59 — La Vierge avec l'Enfant-Jésus (B. V. 15, nº 11). —
Ce morceau, gravé d'après *le Parmasan*, est attri-
bué par quelques uns à *J. Caraglio*, et par d' u-
tres à un élève de ce graveur. — Belle épreuve.
Cabinet A. Busche.

CARPIONI (JULES).

60 — Jésus-Crist à la montagne des Oliviers (B. 2). — Rare et très-belle épreuve du premier état, avant toutes lettres.

61 — La Vierge lisant (B. 5). — Très-belle épreuve du premier état, avant l'adresse de *Mathieu Cadorin*.

62 — L'hommage du petit saint Jean (B. 7). — Belle épreuve du troisième état, *non décrit*, après que l'adresse de *Mathieu Cadorin* a été enlevée ; les imperfections du cuivre qu'on voit, principalement sur le genou de la Vierge, dans le premier état et dans le second, ont entièrement disparu dans celui-ci. Elle a de grandes marges. Cabinet H. de Lasalle.

CARRACCI (AUGUSTIN), dit *Augustin Carrache.*

63 — La Sainte-Vierge (B. 41). Pièce gravée à l'eau-forte, et la seule que ce maître ait exécutée dans ce genre. — Belle épreuve, mais mal conservée. Cabinet A. Busche.

64 — Saint François en extase, d'après *Fr. Vanni* (B. 67). — Belle épreuve. Cabinet A. Busche.

65 — Le mariage de sainte Catherine, d'après Paul Véronèse (B. 97). — Rare et superbe épreuve du premier état, avant les mots : *Pauli Calliari inuen* ; la marge du bas est coupée. Cabinet Van den Zande

Le même sujet (B. 97). Epreuve du deuxième état, avec les noms du peintre et du graveur, et l'adresse de l'éditeur : *Antonius Carensanus fo.* Cabinet Van den Zande.

66 — Le mariage de sainte Catherine, d'après Paul Véronèse (B. 98). — Superbe épreuve, mais manquant
de conservation. Cabinet A. Busche.

67 — Le Vieillard et la Courtisane (B. 114). — Pièce très-
rare. Epreuve qui manque de conservation : les
quatre coins ont été emportés.

68 — Pan dompté par l'Amour (B. 116). — Très-belle
épreuve. Cabinet Van den Zande.

69 — Andromède attachée à un rocher et exposée à un
monstre marin (B. 125). Vénus accompagnée
des Amours, portée sur la mer par des dau-
phins (B. 129). — Deux pièces ; la première, belle
épreuve. Cabinet A. Busche.

70 — Portrait en buste d'une dame vue presque de face,
et tournée un peu vers la gauche ; elle a autour
du cou un collet large et fort élevé. Copie en con-
tre-partie du nº 23 de l'appendice, (Voyez B. V.
18, p. 161). Cabinet A. Busche.

CARRACCI (ANNIBAL), dit *Annibal Carrache.*

71 — Suzanne (B. 1). —Rare et très-belle épreuve du premier état, avant toutes lettres. Cabinet H. de Lasalle.

72 — L'Adoration des bergers (B. 2). — Très-rare et fort
belle épreuve du premier état, avant toutes lettres.
Cabinet A. Busche.

73 — Le Couronnement d'épines (B. 3). — Belle épreuve,
mais manquant de conservation ; elle porte, au
verso, la signature de *P. Mariette* et la date de
1668. Cabinet A. Busche.

74 — Le Christ de Caprarole (B. 4). — Très-belle épreuve du deuxième état, avec le nom du maître ; mais avant l'adresse de *Nico. Van Aelst*, qui a été effacée dans le dernier état, et remplacée par celle-ci : *Vincenzo Cenci Romæ for*. Elle est mal conservée et doublée de papier. Cabinet A. Busche.

75 — La Vierge à l'écuelle (B. 9). — Très-rare et belle épreuve du premier état, avant toutes lettres. Cabinet Van den Zande.

76 — La Sainte Famille (B. 11). — Épreuve avant l'adresse : *Si stampa da Matteo Guidici alli Cesarini*, entre le pied de la Vierge et le prénom du maître. Cabinet A. Busche.

77 — Le dieu Silène couché par terre, entre un Faune et un Satyre. Pièce dite *la Soucoupe* (B. 18). — Rare. Belle épreuve. Cabinet A. Busche.

CARS (Laurent).

78 — Sujets divers pour les œuvres de Molière, d'après F. Boucher. 34 pièces, y compris le portrait de l'auteur, par Lépicié, d'après Ch. Coypel. — Belles épreuves.

CASTIGLIONE (Jean-Benoit), dit *le Benedetto*,

79 — Le jeune Pâtre à cheval (B. 28). — Belle épreuve.

CLOUET, CLOUWET ou CLOWET (Pierre).

80 — Anne Wake, d'après Ant. Van Dyck. — Très-rare et superbe épreuve avant la lettre ; elle a de grandes marges. Cabinet du chevalier de S***.

COCHIN (CHARLES-NICOLAS).

81 — La Mariée de village, d'après Ant. Watteau, — Belle épreuve, avec marge ; elle est doublée de papier.

COZZA (FRANÇOIS).

82 — Le Sommeil de l'Enfant divin (B. 1). — Très-rare et superbe épreuve du premier état, *non décrit*, avant que les mots *Inent. et f.*, à la suite du nom du maître, n'aient été effacés et remplacés par ceux-ci : *Inuentor. sculpsit et pinxit*. Cabinet H. de Lasalle.

DADO (BEATRICIUS), dit *le Maître au Dé*.

83 — La Vierge couronnée, d'après Raphaël (B. 8). — Très belle épreuve ; elle est rognée de cinq millimètres sur la hauteur. Cabinet du chevalier de S***.

84 — Saint Sébastien (B. 14). — Très-belle épreuve, mais rognée d'un millimètre à droite ; elle porte, au verso, la signature de *P. Mariette* et la date de *1665*. Cabinet H. de Lasalle.

85 — Sujet isolé de l'histoire de Psyché, d'après Raphaël (B. 71). — Très-belle épreuve.

DECAMPS (ALEXANDRE-GABRIEL).

86 — A droite, un jeune homme assis à terre ; du côté opposé, un hangar sous lequel sont deux ânes ; plus loin, au milieu, un autre âne brait. Morceau en travers, gravé à l'eau forte. — Très-belle épreuve avant toutes lettres, sur papier deChine.

DENON (Dominique-Vivant).

87 — Des Nymphes surprenant l'Amour endormi dans un bois. — Très-belle épreuve, sans nom ni marque. Cabinet Van den Zande.

88 — Les Lions, d'après Martin-Ferdinand Quadal. — Très-belle pièce. Superbe épreuve. Cabinet Van den Zande.

DENTE (Marc), surnommé *Marc de Ravenne*.

89 — Les amours de Jupiter et de Sémelé (B. 338). — Superbe épreuve. Cabinet Van den Zande.

DIETRICH ou **DIETRICY** (Chrétien-Guillaume-Ernest).

90 — St Jacques prêchant dans un village. — Très-rare et fort belle épreuve du premier état, avant le n° *76* et avant *Dietricij f. 1740* sur la traverse de bois, au-dessus du vieillard à la fenêtre. Cabinet Van den Zande

91 — Le Marchand de lunettes. — Très-rare et fort belle épreuve du premier état, avant le ciel terminé et avant beaucoup d'autres travaux. Cabinets Debois et Van den Zande.

Le même sujet. — Très-belle épreuve du deuxième état, avec le travail à la pointe sèche, produisant l'effet de la manière noire, mais avant le n° *67;* elle est à toutes marges. Cabinets Debois et Van den Zande.

Le même sujet. — Épreuve du troisième état, avec le numéro à la gauche du bas. Cabinets Debois et Van den Zande.

En tout, 3 estampes.

92 — Le Rémouleur et le Savetier. — Très-rare et fort belle épreuve du premier état, avant grand nombre de travaux ; il n'y a pas de plume au chapeau du rémouleur. Cabinets Debois et Van den Zande.

Le même sujet. — Très-belle épreuve du deuxième état, avec le travail à la pointe sèche, produisant l'effet de la manière, et avec la plume au chapeau ; mais avant les marges du cuivre nettoyées et le nº *68*. Elle est à toutes marges. Cabinets Debois et Van den Zande.

Le même sujet. — Épreuve du troisième état, avec le numéro à la gauche du bas. Cabinets Debois et Van den Zande.

Le même sujet. — Épreuve du quatrième état, après que le nº *68* a été effacé.

En tout, 4 estampes.

93 — La vieille Tour ; au milieu du bas : *Dietricij 1744* (à rebours). — Rare et très-belle épreuve du premier état, avant le nº *58*, qui a été effacé dans le dernier état. Cabinet Van den Zande.

94 — Le Troupeau en marche, près d'une statue de Flore ; au bas, vers la droite : *Dietricij f. 1744*. — Très-rare et fort belle épreuve du premier état, avant la seconde opération de l'eau forte ; la branche du gros arbre, derrière la statue, n'a pas de feuillage. Cabinet Van den Zande.

Le même sujet. — Rare et très-belle épreuve du deuxième état, après que la planche a été terminée ; mais avant le nº *5*, qui a été effacé dans le dernier état. Cabinet Van den Zande.

DILLIS (Georges).

95 — Intérieur de Forêt ; sur le devant, un arbre renversé au bord d'une rivière. — Très-belle épreuve. Cabinet Van den Zande.

Autre intérieur de Forêt, faisant pendant ; à droite, un arbre s'élève en biaisant vers la gauche, au-dessus d'une petite rivière. — Très-belle épreuve. Cabinet Van den Zande.

DU JARDIN (Karel ou Charles).

96 — Les deux Chevaux près de la charrue (B. 25). — Très-rare et fort belle épreuve du premier état, avant le n° 25. Cabinet Van den Zande.

97 — Le Champ de bataille (B. 28). — Très-rare et fort belle épreuve du premier état, avant le n° 28. Cabinet Van den Zande.

98 — Le Mouton couché (B. 37). — Très-rare et superbe épreuve du premier état, avant le n° 37. Cabinet Van den Zande.

99 — Le Mouton et les Mouches (B. 38). — Très-rare et superbe épreuve du premier état, avant le n° 38. Cabinet Van den Zande.

DURER (Albert).

100 — La Nativité (B. 2). — Superbe épreuve. Très-rare de cette beauté. Cabinet A. Busche.

101 — L'Enfant prodigue (B. 28). — Superbe épreuve, mais sans marge. Cabinets Turin, de Lyon, et Van den Zande.

102 — Sainte Anne et la jeune Vierge (B. 29). — Belle épreuve, mais manquant de conservation.

103 — La Vierge avec l'Enfant-Jésus emmailloté (B. 38). — Très-belle épreuve. Cabinets Debois et Van den Zande.

104 — La Vierge à la poire (B. 41). — Très-belle épreuve, mais manquant de conservation ; elle porte, au verso, la signature de *P. Mariette* et la date de *1664*. Cabinets Donadieu et Thibaudeau.

105 — La sainte Famille au papillon (B. 44). — Belle épreuve, mais mal conservée.

106 — Saint Eustache ou Saint Hubert (B. 57). — Très-belle épreuve, mais restaurée dans le haut et dans le bas du côté gauche. Cabinets Donadieu et Thibaudeau.

107 — Saint Jérôme en pénitence (B. 61). — Très-belle épreuve.

108 — L'Effet de la jalousie (B. 73). — Très-belle épreuve.

109 — L'Oisiveté (B. 76). — Superbe épreuve, mais rognée de deux millimètres dans la partie supérieure.

110 — La grande Fortune (B. 77). — Très-belle épreuve. Cabinets Donadieu et Thibaudeau.

111 — Le petit Courrier (B. 80). — Superbe épreuve. Cabinets B. Delessert et Van den Zande.

112 — Le Joueur de Cornemuse (B. 91). — Très-belle épreuve. Cabinets B. Delessert et Van den Zande.

113 — Les Armoiries au coq (B. 100). — Belle épreuve. Cabinet Van den Zande.

DUSART ou DU SART (Corneille).

114 — Le Couple ivre (B. 7). — Très-belle épreuve. Cabinet Van den Zande.

DUVET (Jean, dit *le Maître à la Licorne*).

115 — Un chasseur apportant un présent à un Roi qui est assis auprès de Diane (B. 39; R.-D. 54). — Cabinet du chevalier de S***.

116 — Poison et contre-poison (B. 44 ; R.-D. 61). — Belle épreuve. Cabinet du chevalier de S***.

DYCK (Antoine van).

117 — Jean Snellinx, peintre d'histoire. — Rare et très-belle épreuve, avant que les initiales de Gillis Hendricx n'aient été effacées. Cabinet Van den Zande.

118 — Juste Suttermans, peintre de portraits et d'histoire du grand-duc de Toscane. — Rare et superbe épreuve, avec les initiales de Gillis Hendricx, et avec les prénom et nom du personnage écrits ainsi : *Ivdocvs Citermans*. Cabinet Van den Zande.

119 — Lucas Vorsterman, de Gueldre, graveur au burin. — Très-belle épreuve du premier état, avant le fond et avant la lettre et le trait carré. — Extrê_ mement rare. Cabinets J. Barnard et du chevalier de S***.

EVERDINGEN (Aldert van).

120 — L'Homme entre les deux pins (B. 93). — Belle épreuve. Cabinet H. de Lasalle.

FACCINI (Pierre).

121 — Saint François-d'Assise (B. 1). — Belle épreuve,
mais mal conservée. Cabinet **A.** Busche.

FALCK (Jérémie).

122 — Réunion de Soldats et de Courtisanes, dans une ta-
verne. Morceau en travers, d'un grand nombre de
figures, d'après Jean Lys. — Superbe épreuve
avant la lettre. Cabinet **H.** de Lasalle (N° 730 du
catalogue).

FALCONE (Ange).

123 — Apollon et Marsyas (B. 11). — Belle épreuve, mais
manquant de conservation : elle est un peu rognée
du bas, et les quatre coins sont restaurés. Cabinet
H. de Lasalle. (N° 297 du catalogue.)

124 — Le Tombeau (B. 13). — Belle épreuve du deuxième
état, avec les derniers travaux et le nom du graveur ; mais avant les mots *Donati Rascioli form.*,
à la suite de ceux-ci : *Ang. Falco.* Elle est rognée
de 3 millimètres à gauche et de 7 millimètres à
droite. Cabinet **A.** Busche.

125 — Les Sirènes, Naïades et Tritons (B. 17). — Très-
belle épreuve du premier état, avant le nom du
maître ; elle est doublée de papier.

FRAGONARD (Jean-Honoré).

126 — Quatre Bacchanales (P. de B. 6 à 9). — Belles
épreuves.

FRUYTIERS (Philippe).

127 — Portrait d'Ambroise Capello, d'après le tableau peint par le graveur. — Superbe épreuve.

NOTA. A cette épreuve, le privilége, au milieu du bas de la marge inférieure, a été gratté.

GAILLARD (Robert).

128 — Jupiter et Calisto, d'après F. Boucher. — Très-rare et fort belle épreuve avant la lettre ; elle est montée en dessin à la manière de Glomy.

GELLÉE (Claude), dit *Claude le Lorrain*.

129 — La Fuite en Égypte (R.-D. 1). — Belle épreuve du premier état, nommée par erreur, dans le catalogue de l'œuvre du maître, comme deuxième état : l'épreuve qui a servi pour la description du premier état ayant le nom de *Claudio* complété à la plume.

130 — Le Pont de bois (R.-D. 14). — Très-belle épreuve du deuxième état, avec le n° *10*. Cabinet du chevalier de S***.

131 — Le Départ pour les champs (R.-D. 16). — Rare et très-belle épreuve du deuxième état, avec le n° *12*; mais avant que l'angle gauche supérieur n'ait été arrondi.

132 — Berger et Bergère conversant (R.-D. 22). — Extrêmement rare et superbe épreuve du premier état, avant que le groupe d'arbres, entre la haute montagne du fond et la ville fortifiée, n'ait été abaissé de 43 millimètres du bord supérieur de la planche. Cabinet Van den Zande.

133 — La Danse villageoise (R.-D. 24). — Rare épreuve du deuxième état, avant le trait carré renforcé ; elle est mal conservée.

GHISI (GEORGES), dit *le Mantouan.*

134 — Hercule debout, se reposant sur sa massue (B. 41). — Belle épreuve du premier état, avant l'adresse : *Nico Van Aelst for.*, sur la partie éclairée du terrain à droite. Cabinet A. Busche.

135 — Cupidon et Psyché assis sur un lit, d'après *Jules Romain* (B. 45). — Très-rare et curieuse épreuve du premier état, *sur peau de vélin*, avant la draperie sur le bas du corps de Psyché, et avant l'adresse de *Nicolas Van Aelst*, à la droite du terrain ; elle a trois trous de ver sur l'épaule droite de l'Amour.

136 — Le Jugement de Pâris, d'après Baptiste Bertano (B. 60). — Pièce capitale. Très-belle épreuve. Cabinet A. Busche.

GIRARD (FRANÇOIS).

137 — François-J. Talma, d'après F. Gérard. — Très-belle épreuve, avec marge.

GOLTZIUS ou GOLTZ (HENRI).

138 — La Vierge pleurant sur le corps mort de Jésus-Christ (B. 41). Morceau gravé dans le goût d'Albert Durer. — Très-belle épreuve. Cabinet Van den Zande.

20.

139 — Jean Zurenus représenté à mi-corps (B. 189). — Très-belle épreuve du premier état, avant l'écusson d'armes, vers le haut de la droite. Cabinet Van den Zande.

JEGHER (Christophe).

30

140 — Hercule exterminant la Fureur et la Discorde, d'après P.-P. Rubens (Basan, 17 des sujets de la Fable). — Très-belle épreuve. Cabinet H. de Lasalle.

10

141 — Silène ivre, soutenu par un Satyre et par une autre figure ; d'après P.-P. Rubens (Basan, 67 des sujets de la Fable). — Très-belle épreuve. Cabinet H. de Lasalle.

JODE (Pierre de), *le jeune.*

20

142 — Jacques Jordaens, d'ap. Ant. Van Dyck. — Très-rare et fort belle épreuve du premier état ; elle est de l'édition de *Mart Van den Enden,* avant le nom du graveur. Cabinets J. Barnard et du chevalier de S***.

KRUG (Louis), dit *le Maître à la Cruche.*

7

143 — L'Adoration des Rois (B. 2). — Belle épreuve. Cabinet du chevalier de S***.

LARMESSIN (Nicolas de).

16

144 — L'Accordée de village, d'ap. Ant. Watteau. — Belle épreuve, avec marge ; elle est doublée de papier.

LAUTENSACK (Hans-Sebald).

145 — Riche Paysage, *non mentionné par A. Bartsch*. A gauche, un château fortifié environné des eaux d'une rivière qui se perd à l'horizon ; au milieu, un grand arbre s'élève jusqu'au trait carré supérieur ; à droite, un chemin conduit à la porte d'entrée d'une ville qu'on voit dans le fond ; plus loin, une chaîne de montagnes occupe presque toute la largeur de l'estampe. Largeur : 295 millimètres ; hauteur : 194 millimètres. Morceau fort rare. — Très-belle épreuve. Cabinet Van den Zande.

LEYDE (Lucas de).

146 — Adam et Eve fugitifs, après avoir été chassés du Paradis terrestre (B. 11). — Belle épreuve, Cabinets Donadieu et Thibaudeau.

147 — Le Baptême de Jésus-Christ (B. 40). — Très-belle épreuve. Cabinet A. Busche.

148 — Le moine Sergius tué par Mahomet (B. 126). — Belle épreuve légèrement restaurée au-dessus de la montagne du fond. Cabinets Donadieu et Thibaudeau.

LIANO ou LIAGNO (Théodore-Philippe), dit *Philippe Napolitain*.

149 — Un Soldat debout, vu de face (B. 7). — Très-belle épreuve. Cabinet H. de Lasalle.

LIGNON (Frédéric).

150 — Talma, d'après Picot. — Très-belle épreuve avant la lettre ; les marges de cuivre sont couvertes d'essais de burin.

LIVENS ou LIEVENS (Jean).

151 — La Sainte-Vierge et l'Enfant-Jésus (1) B. 1. — Très-
bellle épreuve tirée avant les initiales *IL*, au coin
du haut de la gauche. Cabinets de Fries, Verstolk
de Soelen, et Van den Zande.

·152 — Ephraïm Bonus, médecin juif (55) B. 56. — Rare et
très-belle épreuve du premier état, *non décrit*,
avant l'adresse de Clemendts de Jonghe, remplacée
depuis par celle de Jean de Ram *. Cabinet Van
den Zande.

* Aux épreuves du dernier état, l'adresse le Jean de Ram a été
enlevée et la planche retouchée.

153 — Portrait de Juste Vondel (56) B. 57. — Très-belle
épreuve, avant que l'adresse de *A. de Wees* n'ait
été effacée et remplacée par celle de *Théodore
Matham*. Cabinets Debois et Van den Zande.

Nota. Aux épreuves du dernier état, le nom du peintre et l'adresse de
l'éditeur ont été enlevés.

LOLI (Laurent).

154 — Bacchanale d'enfants (B. 21). Épreuve mal conservée.
— L'Amour rompant son arc (B. 23). — Très-belle
épreuve. Cabinet A. Busche.

MAITRE ANONYME ITALIEN (Vieux).

155 — Statue d'Hercule, mutilée (B. 5 des sujets de Mytho-
logie). — Très-belle épreuve. Cabinet H. de Lasalle.

MAITRES ANONYMES DE L'ÉCOLE
DE FONTAINEBLEAU.

156 — Vénus et les Nymphes pleurant la mort d'Adonis
(B. 58). — Très-belle épreuve ; elle est coupée
près de l'ovale. Cabinet A. Busche.

157 — Vulcain et les Cyclopes forgeant des flèches pour les Amours, d'après *le Primatice* (B. 71). — Très-belle épreuve. Cabinet A. Busche.

158 — Proserpine confiant à Psyché la boîte remplie de beauté, pour la porter à Vénus, d'après *Jules Romain* (B. 74). — Belle épr. Cabinet H. de Lasalle.

MAITRE ANONYME DE L'ÉCOLE DE FONTAINE-BLEAU, graveur au burin.

159 — Le vieux Silène, d'après *Lucas Penni*. Il est vu de face et assis sur le bord d'une cuve, soutenu par deux Satyres. L'un, qui est à gauche, lui offre des raisins; l'autre, placé à droite, lui présente une coupe. Hauteur : **229** millimètres; largeur : **165** millimètres. — Très-belle épreuve. Cabinet H. de Lasalle.

NOTA. Cette composition a aussi été gravée, mais à l'eau-forte, par René Boyvin. (Voyez *le Peintre-Graveur français*, par **M.** Robert Dumesnil, V. 8, p. 32, n° 28.)

MAITRE ITALIEN AUX INITIALES Z. B .M. 1537.

160 — Pièce allégorique ; elle représente les Sciences qui éclairent l'esprit de l'homme (Brulliot, 2ᵉ partie, n° 2787). — Très-belle épreuve, mais rognée au trait carré de chaque côté.

MAITRE ANONYME ITALIEN DU XVIIᵉ SIÈCLE.

161 — La Sainte-Vierge : elle est représentée debout dans une niche, entre deux pilastres, et tenant dans ses bras l'Enfant-Jésus. Ce morceau, plein de sentiment, est exécuté dans la manière de *J.-L. Valesio;* il ne porte ni nom ni marque. Hauteur : **140** millimètres ; largeur : **98** millimètres. — Très-belle épreuve. Cabinet H. de Lasalle.

MAITRE ANONYME ITALIEN DU XVIIIᵉ SIÈCLE.

162 — Portrait d'une jeune Femme, simplement costumée et vue jusqu'aux genoux, tenant des deux mains un vase; au bas, une marge blanche ne portant ni nom ni marque. Jolie pièce en hauteur, d'après *le Titien.* — Très-belle épreuve.

MAITRES ANONYMES ALLEMANDS DU XVIᵉ SIÈC.

163 — L'Annonciation aux Bergers. Petite pièce, en hauteur. — Fort belle épreuve.
L'Amour sonnant du cor. — Très-petite pièce, en hauteur.

MAITRE AU MONOGRAMME A M (Bartsh, ix, 496).

164 — La Société gaie (B. 3). — Très-belle épreuve. Cabinet Van den Zande.

MAITRE AU MONOGRAMME F B (Le), que Brulliot dit être François Brun.

165 — Les Soldats; suite de seize estampes (B. 37 à 52). Le Canonnier, 1559 (B. 53). Huit autres sujets dont la plupart sont des copies. En tout 25 pièces.

MAITRE AU MONOGRAMME I B (Le).

166 — Pièce emblématique (B. 30). — Très-belle épreuve. Cabinet H. de Lasalle.

MAITRE AU MONOGRAMME J G (Le).

167 — Le Massacre des Innocents (B. 2 ; R.-D. 3). — Superbe épreuve, avec de très-grandes marges. Extrêmement rare de cette condition. Cab. De Férol.

MAITRE ANONYME DU XVIIᵉ SIÈCLE,

graveur à l'eau-forte.

168 — Galathée, d'après le Corrège. Elle est représentée assise dans une conque, ayant les jambes allongées et dirigées vers la droite ; derrière elle, on remarque un Amour, des Tritons et une Néréide. Au bas de la droite, on lit : *Coregio f.* — Belle épreuve. Cabinet H. de Lasalle.

MAITRE ANONYME HOLLANDAIS DU XVIIᵉ SIÈC.,

graveur au burin.

169 — Portrait d'un Vieillard à barbe carrée, vêtu d'un manteau bordé de fourrure ; à droite, à travers d'une fenêtre, on voit dans le fond un palais. Au bas, une marge blanche destinée à recevoir l'inscription. Beau morceau. — Très-belle épreuve.

MAITRE ANONYME HOLLANDAIS.

170 — Fumeur à la fenêtre ; il tient sa pipe de la main droite. Morceau en hauteur, dans le genre d'Ostade. — Très-belle épreuve, avec quelques teintes de lavis à l'encre de Chine par le graveur. Cabinet Van den Zande.

MANTEGNA (André).

171 — Combat de deux Tritons (B. 17). Pièce rare. — Belle épreuve imprimée avec de l'encre bleue, mais ayant quelques taches. Cabinet A. Busche.

172 — Combat de Dieux marins (B. 18). Pièce rare. — Belle épreuve, mais mal conservée. Cabinet A. Busche.

MASSON (Antoine).

173 — Louis, duc de Vendôme (R.-D. 67). — Très-belle épreuve, mais manquant de conservation : les quatre angles sont coupés.

MECKEN (Israel de).

174 — La Flagellation (B. 13). — Belle épreuve. Cabinet A. Busche.

MERCIER (P.....).

175 — La toilette du matin. Une servante présente à sa maîtresse, qui se lève, un bassin et une éponge avec un linge. Morceau en hauteur, d'ap. Ant. Watteau. — Très-rare.

MEYSSENS (Jean).

176 — Marie Ruten, femme d'Ant. Van Dyck. — Rare et très-belle épreuve du premier état, avant que les mots *Joan Meysens fecit et excud.* n'aient été effacés et remplacés par l'adresse de F. Vanden Wyngaerde; elle est aussi avant divers travaux. Cabinet du chevalier de S***.

MIELE (Jean).

177 — La Vieille (B. 2). — Belle épreuve. Cabinet A. Busche.

178 — Trois estampes pour la guerre de Belgique, de *Strada*, savoir : Le siége de Mastricht, par Alexandre de Parme en 1579 (B. 4) ; la prise de la ville de Maestricht (B. 5) ; la prise de la ville de Bonn, par le prince de Chimay en 1588.(B. 6). Pièces fort rares. — Très-belles épreuves ; à la droite de celle du n° 6, au-dessus du soldat le plus près du trait carré, qu'on voit sur le premier plan, il y a une restauration à la plume. Cabinet H. de Lasalle.

MOLA (Pierre-François).

179 — Jésus-Christ s'entretenant avec la Samaritaine (B. 2). — Belle épreuve du premier état, avant la lettre. Cabinet A. Busche.

MONTAGNA (Benoit).

180 — La Vierge assise (B. 6). Belle pièce. Cabinet Thibaudeau.

MOYAERT ou MOOJAERT (Nicolas).

181 — Pâtre gardant des animaux — Très-belle épreuve. Cabinet Van den Zande.

MUSIS (Augustin de), dit *Augustin Vénitien*.

182 — La Manne (B. 8). Belle épreuve ; elle a été satinée.

NAIWJNCX (Henri).

183 — Vue de Rochers avec chute d'eau (B. 14). — Très-belle épreuve. Cabinet A. Busche.

NANTEUIL (Robert).

184 — Louis de Bailleul (R.-D. 27). Belle épreuve du deuxième état, avec le millésime 1658.

185 — Louis Phelypeaux de La Vrillière (**R.-D. 123**). Belle épreuve du troisième état.

NEYTS (Gilles).

186 — Le Palefrenier (**B. 7**). — Très-rare épreuve du premier état, avant toute adresse; elle est mal conservée.

OS (Pierre-Gérard van).

187 — Bœufs, Vaches et Veaux dans des prairies; Suite de six pièces. Au premier morceau, à droite, sur un vieux mur, le titre : *P. G. Van Os fec. A° 1798.* — Très-belles épreuves, avant le trait carré mieux exprimé et avant la lettre. Cabinets Duriez, de Lille, et Van den Zande.

OSSENBEECK (Jean ou Josse van).

188 — La Caffarelle (**B. 25**). Ce morceau est l'un des plus beaux et des plus considérables de l'œuvre du maître. — Rare et superbe épreuve du premier état, avant que la planche n'ait été coupée dans la partie supérieure; elle est raccommodée au milieu et à droite du bas.

OSTADE (Adrien van).

189 — Paysan sonnant du cor (**B. 7**). — Rare et belle épreuve, avant le travail très-serré à la pointe sèche, produisant l'effet de la manière noire, dans les parties ombrées. Cabinet Van den Zande.

190 — L'Homme appuyé sur le bas de sa porte (B. 9). — Rare et très-belle épreuve, avant le léger travail à la pointe sèche sur l'épaisseur du châssis de la porte de la cave. Cabinet Van den Zande.

191 — La Mère et les deux Enfants (B. 14). — Rare et belle épreve, avant le travail très-serré à la pointe sèche, produisant l'effet de la manière, dans les parties ombrées. Cabinets Six et Van den Zande.

192 — La Cruche vide (B. 15). — Rare et belle épreuve, avant le travail très-serré à la pointe sèche, produisant l'effet de la manière noire, dans les parties ombrées ; elle porte, au verso, la signature de *P. Mariette* et la date de *1670*. Cabinet Van den Zande.

193 — La Poupée demandée (B. 16). Belle épreuve tirée avant les travaux ajoutés depuis entre les tailles diagonales au bord gauche supérieur. Cabinet Van den Zande.

Le même sujet. Épreuve de la planche terminée. Cabinet Van den Zande.

194 — L'École (B. 17). — Très-belle épreuve d'eau-forte pure, avant le travail très-serré à la pointe sèche, produisant l'effet de la manière noire, dans les parties ombrées ; le bras droit du magister se détache peu du fauteuil. Cabinet Van den Zande.

195 — La Grange (B. 23). — Très-rare et belle épreuve, avant les contre-tailles à la partie ombrée de la poutre, et avant que l'ombre portée par le tas de bottes de paille n'ait été fortifiée au burin ; elle est remargée au trait carré. Cabinet Van den Zande.

3

196 — **La Chanteuse** (B. 30). — Très-rare et superbe épreuve, avant le travail très-serré à la pointe sèche, produisant l'effet de la manière noire, dans les parties ombrées ; la porte se détache peu du fond. Cabinets Saint et Van den Zande.

197 — **Le Violon et le petit Vielleur** (B. 45). — Rare et belle épreuve, avant le travail très-serré à la pointe sèche, produisant l'effet de la manière noire, dans les parties ombrées ; elle a une petite tache d'huile, vers le bas de la gauche. Cabinet Van den Zande.

198 — **La Famille** (B. 46). — Rare et très-belle épreuve, avant le travail très-serré à la pointe sèche, produisant l'effet de la manière noire, dans les parties ombrées ; il n'y a pas de tailles perpendiculaires sur le devant à gauche. Elle a une petite tache grisâtre, au-dessus du nom du maître. Cabinet Van den Zande.

199 — **La Fête sous la treille** (B. 47). — Rare et très-belle épreuve, avant la légère teinte à la pointe sèche, dans les parties ombrées, et avant que les travaux devant le bras du petit enfant debout, entre la femme assise et le panier renversé, n'aient été raccordés. Cabinets Wolterbeck et Van den Zande.

200 — **Le Goûté** (B. 50). — Belle épreuve avec le travail très-serré à la pointe sèche, produisant l'effet de la manière noire, dans les parties ombrées ; mais avant divers autres travaux exécutés depuis en différentes fois, notamment la contre-taille diagonale sur le montant du châssis de la porte d'entrée de la maison. Elle a quelques petites taches d'huile. Cabinet Van den Zande.

PENCZ (Georges).

201 — Job persécuté par sa femme et par ses amis (B. 7).
— Belle épreuve. Cabinet Van den Zande.

202 — Le Jugement de Salomon (B. 23) ; Judith accompa-
gnée de sa servante qui porte la tête d'Holopherne
(B. 25). Deux pièces. — Belles épreuves. Cabinet
H. de Lasalle.

203 — Horace Coclès (B. 80). — Superbe épreuve. Cabinet
H. de Lasalle.

204 — Artémise (B. 83). — Très-belle épreuve, mais rognée de 13 millimètres dans la partie supérieure
et de 6 millimètres à droite. Cabinet A. Busche.

205 — Thétis et Chiron. 1543 (B. 90). — Très-belle épreuve,
mais légèrement rognée. Cabinet A. Busche.

206 — La Rivière passée à gué (B. 94). — Très-belle
épreuve. Cabinet Van den Zande.

207 — Le triomphe de la Mort (B. 121). — Superbe
épreuve, mais ayant une déchirure vers la gauche. Cabinet A. Busche.

PETIT (Gilles-Edme).

208 — Marie-G.-L. De La Fontaine Solare De La Boissière,
d'après M.-Q. de la Tour.

PODESTA (Jean-André).

209 — Une Bacchanale, d'après *le Titien* (B. 7). — Très-
belle épreuve. Cabinet A. Busche.

POILLY (François de).

16.

210 — Saint Jean dans l'île de Pathmos, d'après Charles Le Brun. — Epreuve avant la lettre.

PONTIUS ou DUPONT (Paul).

50.

211 — Saint Roch intercédant pour les pestiférés, d'après P. P. Rubens (Basan, 44 des sujets de saints). Chef-d'œuvre du graveur. — Superbe épreuve. Cabinet Van den Zande.

9.

212 — Henri van Baelen, d'après Ant. Van DycK. — Très-rare et belle éprenve du premier état; elle est de l'édition de *Mart. vanden Enden*, avant le nom du graveur. Les deux coins du bas sont restaurés. Cabinet du chevalier de S***.

27.

213 — Don Alvar Bazan, d'après Ant. Van Dyck. — Superbe épreuve du premier état, avec l'adresse de *Mart. vanden Enden*, et avant que le mot *Belgior* n'ait été effacé et remplacé par celui-ci : *Regior*. Extrêmement rare. Elle porte, au verso, la signature *P. Mariette* et la date de *1668*. Cabinet H. de Lasalle.

29.

214 — Gaspard de Crayer, d'après Ant. Van Dyck. — Très-rare et superbe épreuve du premier état; elle est de l'édition de *Mart. vanden Enden*, avant le nom du graveur.

20.

215 — Daniel Mytens, d'après Ant. Van Dyck. — Très-rare et belle épreuve du premier état; elle est de l'édition de *Mart. vanden Enden*, avant le nom du graveur. Cabinet du chevalier de S***.

216 — Pierre-Paul Rubens, d'après Ant. Van Dyck. — Très-rare et fort-belle épreuve du premier état ; elle est de l'édition de *Mart. vanden Enden*, avant le nom du graveur. Cabinet du chevalier de S***.

217 — Jean de Heem, d'Utrecht ; d'après Jean Livins. — Très-belle épreuve du premier état, avec l'adresse de *Martinus van den Enden*. Cabinet Van den Zande.

218 — Daniel Segers ou Seghers, peintre de fleurs, d'après Jean Livins. — Très-belle épreuve de l'édition de de *Martinus vanden Enden*. Cabinet du chevalier de S***.

219 — Le Roi boit, d'après *Iac. Iordaens*. — Epreuve du premier état, avant le n° 5, à la droite de la marge du bas ; elle est mal conservée.

PROCACCINO (Camille).

220 — Repos en Egypte (B. 1). — Belle épreuve du premier état, avant l'adresse de P. Mariette. Cabinet A. Busche.

RAIMONDI (Marc-Antoine).

221 — Le Massacre des Innocents (B. 20). Cette planche, décrite dans Bartsch comme étant gravée par Marc de Ravenne, est regardée par plusieurs curieux comme une répétition par Marc-Antoine lui-même.— Très-belle épreuve, mais en mauvais état de conservation. Cabinet H. de Lasalle.

222 — La Cène, d'après *Raphaël* (B. 26). — Belle épreuve, mais doublée de papier et ayant plusieurs restaurations. Cabinet A. Busche.

223 — Saint Paul prêchant à Athènes (B. 44). — Belle épreuve, mais mal conservée. Cabinet A. Busche.

224 — Le Parnasse (B. 247). — Très-belle épreuve, mais un peu rognée sur la hauteur et sur la largeur; au-dessus de chaque personnage, on a écrit leur nom à la plume.

225 — Une Muse; elle est tournée vers la droite, s'appuyant sur un piédestal (B. 265). Jolie pièce. — Belle épreuve. Cabinet A. Busche.

226 — Apollon, tenant sa lyre de la main gauche, et s'appuyant de l'autre sur un tronc d'arbre (B. 334). — Belle épreuve. Cabinets Denon, Debois et H. de Lasalle.

227 — La Poésie (B. 382). — Epreuve restaurée; elle est remontée de ton au pinceau.

228 — La Paix (B. 393)· — Epreuve mal conservée et doublée de papier. Cabinet A. Busche.

229 — La Cassolette (B. 489). — Belle épreuve du premier état, avant l'adresse d'*Ant. Salamanca*. Cabinet A. Busche.

REMBRANDT VAN RHYN (Paul).

230 — Rembrandt et sa femme (19*) B. 16. — Très belle épreuve du deuxième état, avec les travaux dans l'ombre de dessous le chapeau, à droite, repris au burin. Cabinet Thibaudeau.

* Les numéros qui sont placés entre deux parenthèses se rapportent à ceux du catalogue de l'œuvre de Rembrandt, par le chevalier de Claussin.

231 — Le Sacrifice d'Abraham (36) B. 35. — Belle épreuve. Cabinet Thibaudeau.

232 — Jacob pleurant la mort de son fils Joseph (42) B. 38. — Superbe épreuve. Très-rare à rencontrer de cette beauté. Cabinet Van den Zande.

233 — Jésus-Christ chassant les vendeurs du temple (73) B. 69. — Epreuve mal conservée.

234 — La Pièce de cent florins (78) B. 74. — Belle épreuve du premier état de Bartsch, qui n'est que le second décrit par de Claussin; elle a été encadrée. Cabinet A Busche.

235 — La Descente de croix (83) B. 81. — Rare et très-belle épreuve avant toute adresse, mais mal conservée ; elle est rognée sur le trait carré en haut et de chaque côté, et restaurée en plusieurs endroits. Cabinet A. Busche.

236 — Les petits Disciples d'Emaüs (92) B. 88. — Très-belle épreuve. Cabinets Donadien, Ch. Blanc et Thibaudeau.

237 — Saint Jérôme (103) B. 100. — Belle épreuve, mais manquant de conservation. Cabinet Thibaudeau.

238 — Mendiants à la porte d'une maison (173) B. 176. — Très-belle épreuve de la planche terminée ; le nez du vieillard qui fait l'aumône est pointu, d'un peu arrondi qu'il était dans les états antérieurs. Cabinet Thibaudeau.

239 — L'Espiègle (185) B. 188. — Epreuve tirée de la planche entièrement terminée. Cabinet Thibaudeau.

240 — Négresse couchée (202) B. 205. — Très-belle épreuve. Cabinet Thibaudeau.

241 — La Chaumière au grand arbre (223) B. 226. — Très-belle épreuve ; elle porte au verso, la signature de *P. Mariette* et la date de *1672*. Cabinet Thibaudeau.

242 — Vieillard à barbe carrée (262) B. 265. — Très-belle épreuve du deuxième état, avec la bouche du personnage mieux exprimée que dans l'état antérieur ; il y a, à droite, un trait échappé descendant diagonalement, du bord du bonnet à la joue. Cabinet H. de Lasalle.

243 — Ephraïm Bonus (275) B. 278. — Superbe épreuve du deuxième état, avec la bague éclaircie ; c'est la plus belle connue. Cabinets Wolterbeck, de la Motte-Fouquet, Godefroy, de Caen, et Van den Zande.

244 — Wtenbogardus (276) B. 279. — Belle épreuve, mais mal conservée : elle est coupée à l'ovale, à l'exception de la partie de la marge du bas, sur laquelle sont gravés les quatre vers latins. Cabinet A. Busche.

RENI (Guido), dit *le Guide*.

245 — La Vierge avec l'Enfant Jésus (B. 4). — Superbe épreuve ; elle a une petite tache jaunâtre, au-dessous de la bordure circulaire extérieure. Cabinet A. Busche.

246 — La Vierge, l'Enfant Jésus et saint Jean-Baptiste (B. 6). — Pièce rare. Belle épreuve. Cabinet A. Busche.

247 — Sainte Famille (B. 9). — Très-belle épreuve du premier état, avant les mots *Guido Reni fecit*, dans la marge à gauche. Cabinet A. Busche.

248 — Gloire d'Anges (B. 45). — Cette planche est une des plus belles et des plus terminées de ce grand maître. — Très-belle épreuve. Cab. H. de Lasalle.

ANONYME DE L'ÉCOLE DU GUIDE.

249 — Judith, d'après *le Guide* (B. 1). — Epreuve mal conservée : la marge du bas, portant les lettres *G. R. I.*, est coupée, et elle est rognée de 14 millimètres dans la partie supérieure ; de plus, il y a des travaux ajoutés à la plume sur la poitrine de Judith. Cabinet H. de Lasalle.

RIBERA (JOSEPH), dit *l'Espagnolet*.

250 — Le Corps mort de Jésus-Christ (B. 1). — Superbe épreuve, mais avant quelques taches. Cabinet A. Busche.

251 — Saint Jérôme lisant (B. 3). Cabinet A. Busche.

252 — Saint Jérôme saisi de frayeur, croyant entendre une trompette qui l'appelle au jugement universel (B. 4). — Belle épreuve du premier état, avant les initiales de François Vanden Wyngaerde, dans lea marge du bas ; elle porte, au verso, la signature de *P. Mariette* et la date de *1659*. Cabinets G. Storck, de Milan, et A. Busche.

253 — Le Martyre de saint Barthélemy (B. 6). Pièce capitale du maître. — Très-belle épreuve du premier état, avant que les travaux n'aient été repris au burin dans les ombres. notamment entre les jambes du saint. Cabinets Debois et Van den Zande.

254 — Saint Pierre (B. 7). — Trè.-belle épreuve du premier état, avant les lettres *P. V. Wyn.*, dans la marge du bas, contre le trait carré. Cabinet A. Busche.

RICCI (Marc).

255 — Les Ruines d'un ancien bâtiment voûté (B. 8), — Très-belle épreuve du premier état, *non décrit*, avant le n° 8, au coin gauche supérieur. Cabinet A. Busche.

ROOS (Jean-Henri).

256 — Le Mouton dormant (B. 8). — Très-belle épreuve, mais ayant quelques taches. Cabinet du chevalier de S***.

257 — Le Berger et son troupeau en repos (B. 38). Ce morceau, le plus considérable du maître, est très-rare. — Superbe épreuve. Cabinet Van den Zande.

ROSA (Salvator).

258 — Glaucus et Scylla (B. 20). — Belle épreuve. Cabinet A Busche.

RUBENS (Pierre-Paul).

259 — Sainte Catherine (Basan, 15 des sujets de saintes). Morceau rare. Très-belle épreuve. Cabinet Van den Zande.

260 — Sainte Magdelaine s'arrachant les cheveux (Basan,
27 des sujets de saintes). — Belle épreuve du premier état, avant que les mots *P.-Paul Rubbens*
n'aient été enlevés. Cabinet H. de Lasalle.

NOTA. Ce morceau, d'une exécution pleine de sentiment, nous paraît
être de la main même de Rubens ; il l'a gravé d'après un de ses dessins,
que nous avons eu occasion de voir.

RYLAND (GUILLAUME).

261 — Jupiter et Léda, d'après F. Boucher. — Très-rare et
fort belle épreuve avant la lettre ; elle est montée
en dessin à la manière de Glomy.

RYSBRAECK (PIERRE).

262 — L'Entretien sur le bord du chemin (B. 5). — Très-
belle épreuve.

SCHMIDT (GEORGES-FRÉDÉRIC).

263 — Vieillard habillé à l'orientale (120) de Cl. 18. —
Belle épreuve.

264 — La Mère de Rembrandt (145) 3. — Belle épreuve.

265 — Portrait de Rembrandt, dans sa jeunesse (150) 1. —
Très-belle épreuve.

266 — Portrait de Rembrandt, âgé (151) 2. — Très-belle
épreuve.

267 — Cinq têtes d'enfants (164) 39. Très-belle épreuve.

268 — Groupe de trois enfants (171) 58. — Très-belle
épreuve.

SCHONGAUER (Martin).

269 — Jésus-Christ à la croix (B. 23). — Très-belle épreuve. Cabinet A. Busche.

270 — L'Homme de douleurs (B. 69). — Belle épreuve. Cabinets B. Delessert et Van den Zande.

STOOP (Dirk ou Thierry).

271 — Différents chevaux. Suite de douze pièces (B. 1 à 12). — Très-belles épreuves, avant les numéros ; au premier morceau, l'adresse de *Clément de Jonghe*. Cabinets Debois et Van den Zande.

STOOPENDAEL (Daniel).

272 — Vue d'Amsterdam. Fort belle pièce. — Très-rare et superbe épreuve, avant toutes lettres.

SUBLEYRAS (Pierre).

273 — La Magdelaine aux pieds de Jésus (R.-D. 3). — Epreuve avant les deux lignes d'écriture ajoutées au bas de la gauche, commençant par ces mots : *Observer que,* et finissant par ceux-ci : *actuellement au roi.* Cabinet A Busche.

TARDIEU (Nicolas-Henri).

274 — L'embarquement pour Cythère, d'après Ant. Watteau. — Belle épreuve, avec marge ; elle est doublée de papier.

TENIERS (les DAVID), père et fils.

(Voyez le Catalogue du cabinet Rigal).

9.50 275 — Paysan à table, tenant son verre de la main gauche, et passant son bras droit autour du cou d'une Femme assise à côté de lui (13). — Epreuve du premier état, avant le monogramme de David Teniers, au bas de la caisse qui sert de siége à la femme. Cabinet **A. Busche**.

18.50 276 — Un Buveur attablé avec deux Paysans qui jouent aux cartes; derrière eux, on voit deux Fumeurs, et dans le fond, à gauche, un homme assis et un autre homme debout se chauffant à une cheminée (20). — Très-belle épreuve. Cabinet **A. Busche**.

5.50 277 — Paysan en chapeau à larges bords, appuyé sur un bâton (25). — Belle épreuve. Cabinet **A. Busche**.

VELDE (ADRIEN VAN de).

92. 278 — Le Berger et la Bergère avec leur troupeau (B. 17). — Très-rare et fort belle épreuve du premier état, avant qu'une place presque blanche d'environ 5 millimètres de diamètre, à 2 millimètres du trait carré à droite, n'ait été couverte de tailles et de contre-tailles au burin, et avant les noms du maître et de l'éditeur dans la marge du bas. Cabinets Robert-Dumesnil, Verstolk de Soelen, et du chevalier de S***.

VIDAL (GERAUD).

10. 279 — Les Nymphes surprises, d'après Charles Monnet. — Très-belle épreuve du premier état, avant toutes lettres et avant les changements. Cabinet de Vèze.

VISSCHER ou DE VISSCHER (Corneille).

280 — Chat accroupi, derrière lequel est un rat (51). — Très-belle épreuve. Cabinet Van den Zande.

VOERST ou VORST (Robert van).

281 — Simon Vouet, d'après Ant. Van Dyck. — Superbe épreuve du premier état, avec l'adresse de *Mart. Van den Enden*, et avec le nom du personnage gravé en caractères très-larges. Extrêmement rare. Cabinet H. de Lasalle.

VORSTERMAN (Lucas), *le vieux*.

282 — Le Christ mort : trois Anges pleurent à la vue du corps du Sauveur, descendu de la croix, et étendu sur les genoux de la Sainte-Vierge ; d'après Ant. Van Dyck. — Rare et très-belle épreuve avant l'adresse de Bon-Enfant, et avant la dédicace à Georges Gagi ; elle manque un peu de conservation. Cabinets Ed. Durand et H. de Lasalle.

283 — Venceslas Coeberger, d'après Ant. Van Dyck. — Belle épreuve, doublée de papier.

WATTEAU (Antoine).

284 — Figures de modes (R.-D. 1 à 7). — Epreuves de divers états ; celle du n° 6, est avant la lettre. Plus, le Titre, La Pèlerine (deux épreuves), Le Porte-Balle, Officier en surtout ; d'après les dessins du maître. En tout 12 estampes.

WATERLO ou WATERLOO (Antoine).

285 La Maison garnie de verdure, au bord de la rivière (B. 54).
— Très-belle épreuve, avant des tailles ajoutées
sur les devants vers la droite, et à gauche, aux ter-
rains et aux arbres. Cabinet Van den Zande.

286 — L'Homme et la Femme traversant le ruisseau (B. 109).
— Très-belle épreuve, avant divers travaux ajou-
tés au burin, dans les parties ombrées. Cabinet
Van den Zande.

ZAGEL, ZINGEL ou ZATZINGER (Martin).

287 — Le Martyre de saint Sébastien (B. 4). — Superbe
épreuve, mais un peu rognée du bas. Cabinets Ed.
Durand et A. Busche.

288 — L'Embrassement (B. 15). Cabinet Thibaudeau.

ZEEMAN (Reinier ou Remy Nooms).

289 — Suite de huit Marines numérotées 1 à 8 ; au premier
morceau, vers la droite, à la voile d'un vaisseau,
quatre lignes d'inscription : *Twede deel. Verscheyde
Binne-Waters ; Nieuwlijex ghetecckent en in't Coo-
per gebracht door R. N. Zeeman* (B. 31 à 38). —
Très-belles épreuves du premier état, avec cette
adresse : *T'Amsterdam by Dancker Danckerts inde
Calverstraat inden Dackbaarheyt.* Cabinet Van den
Zande.

DESSINS

ANONYMES FRANÇAIS DU XVIIIe SIÈCLE.

290 — Un saint Patriarche assis dans un fauteuil, donnant
la bénédiction. A la pierre d'Italie et à la sanguine,
sur papier blanc.

291 — Femme vue de dos, assise sur un tabouret. A la sanguine et à la pierre d'Italie, sur papier blanc.

RENOU et MAULDE, imprimeurs de la Compagnie des Commissaires-Priseurs,
rue de Rivoli, 144.   9899

 www.ingramcontent.com/pod-product-compliance
Ingram Content Group UK Ltd.
Pitfield, Milton Keynes, MK11 3LW, UK
UKHW031747170726
13836UKWH00002B/932